やまだごんろく

けいさつで一番《いちばん》えらい、けいしそうかん。大《おお》どろぼうジャム・パンに、ひそかに「どろぼうきょかしょ」をあたえている。ときどきおとぼけのじゅつを使《つか》う。

ギンジロウ

マリリンをすきな、のらネコ。だが、それがうまくいえないのか、てれくさいのか。マリリンにはいつもにくたれ口《ぐち》をきく。どこかにいそうな男《おとこ》の子《こ》。

大どろぼう ジャム・パン

内田麟太郎・作　　藤本ともひこ・絵

でんわが　なっています。
キジネコの　マリリンは　しらんぷりです。
（だって、あたい　ねむいんだもん。）
でんわは　なりやみません。
ソファの　マリリンは、ますます　ねたふりを
きめこみました。
「しつっこいやろうだね。」
大《おお》どろぼう　ジャム・パンは、あきらめがおで
じゅわきを　とりました。

55
ROUTE

「は～い。ジャムたんていじむしょ。」

「ジャムくん。」

「け、けいしそうかん！」

ぴよ～ん。

ジャム・パンは、いすから　はねおきました。

けいさつで　いちばん　えらいひとからの

でんわです。

「じけんですね。」

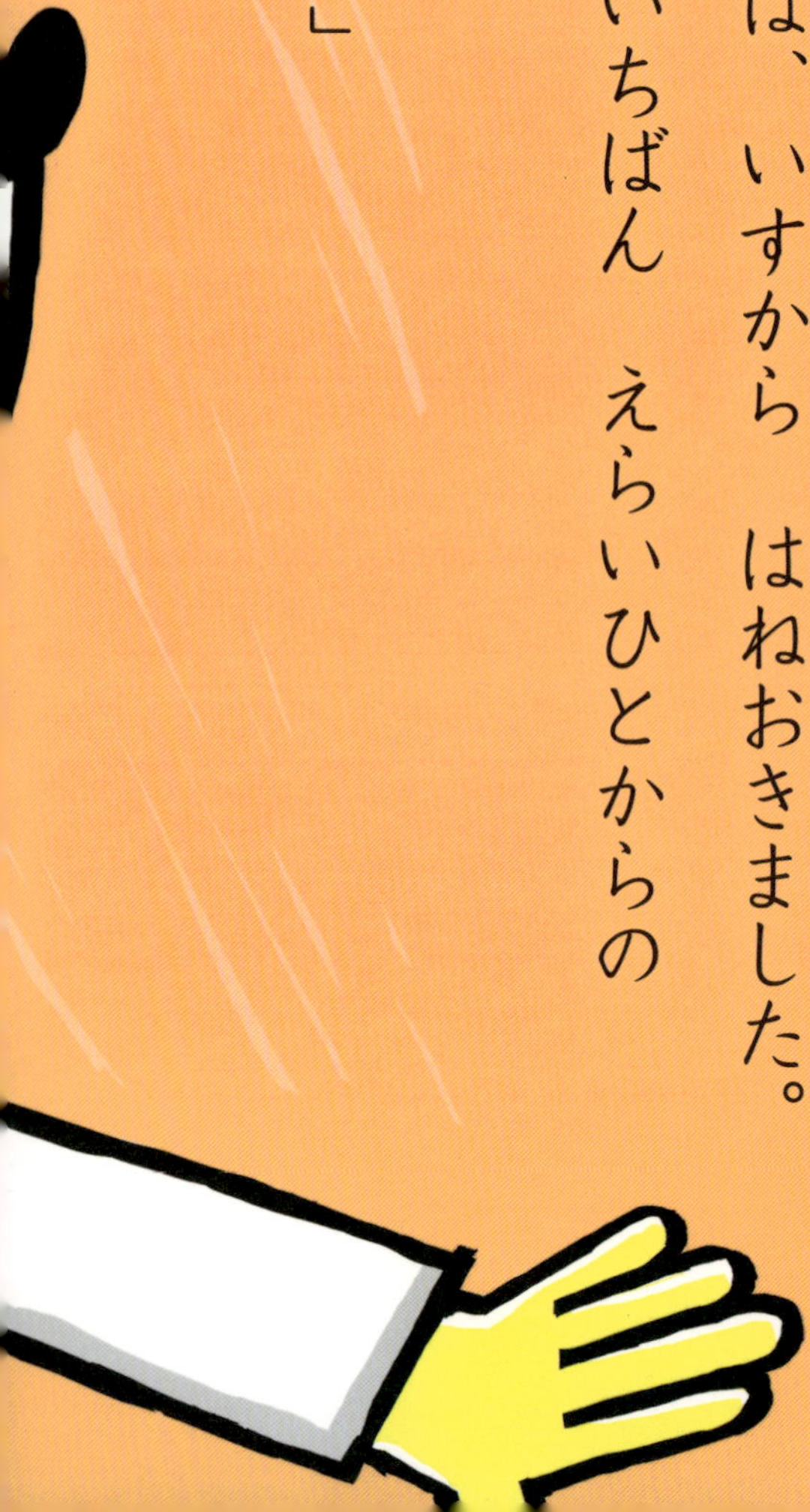

「そういうことなんだ、ジャムくん。」

けいしそうかんの　声《こえ》は、とても　つかれきっていました。

「で、どんな　じけんなのです？」

「それは……。」

ふたりは、ひそひそと　でんわで　はなしはじめました。

目《め》をとじている　マリリンの　耳《みみ》が、ぴんと立《た》ちます。

大《おお》どろぼう　ジャム・パンは、けいしそうかんが
こうにんの　大《おお》どろぼうでした。
こうにんというのは、
「きみだけは、どろぼうを
しても、いいよ」と、
みとめられていると
いうことです。
もちろん、それは
ふたりだけの　ひみつでしたけど。

秘

極秘

TOP SECRET

どろぼう・こうにんしょ

一　ひとの　いのちも　ものも、どろぼうしては
いけない。

二　どろぼうからも　どろぼうしては　いけない。
いけからも　いけない。

三　ただし　いのちを　すくう　ためなら、いのちの
ほかは　なにを　ぬすんでも　よい。

大どろぼう　ジャム・パンどの
けいしそうかん　やまだごんろく

SECRET

TOP SECRET

「へいたいロボット！」
ジャム・パンは、けいしそうかんの　ことばに
おどろきました。
「そうなんだ。そのロボットが……。」
日本《にほん》でも　いちばん山《やま》おくの　村《むら》で、あばれま
わっていると　いうのです。
もちろん、せかいじゅうに　ひみつの　へいたい
ロボットでした。

「そうりだいじんの　めいれいでしか
うごかないはずだったんだが……。
へいたいロボットの　そうこに、
かみなりが　おちたんだ。
それも　へいたいロボットの
コンピューターを
ちょくげきした。

こわれた へいたい
ロボットが あばれだした。」
「で、村《むら》は どうなって
いるんです？ けいしそうかん。」
「ふみつぶされて ぜんめつだよ。」
「ぜんめつ！ 村人《むらびと》は？」
「……わからん。」

ロボットの　大《おお》きさは
五《ご》メートルでした。
からだは、ミサイルも
はねかえす　ちょうごう金《きん》です。
それが、村人《むらびと》を　けちらしながら
歩《ある》いているのです。
「くやしいが、手《て》も　足《あし》も、出《だ》せんのだ。」
けいしそうかんは　だまりこみました。
ジャム・パンも　だまりこみました。

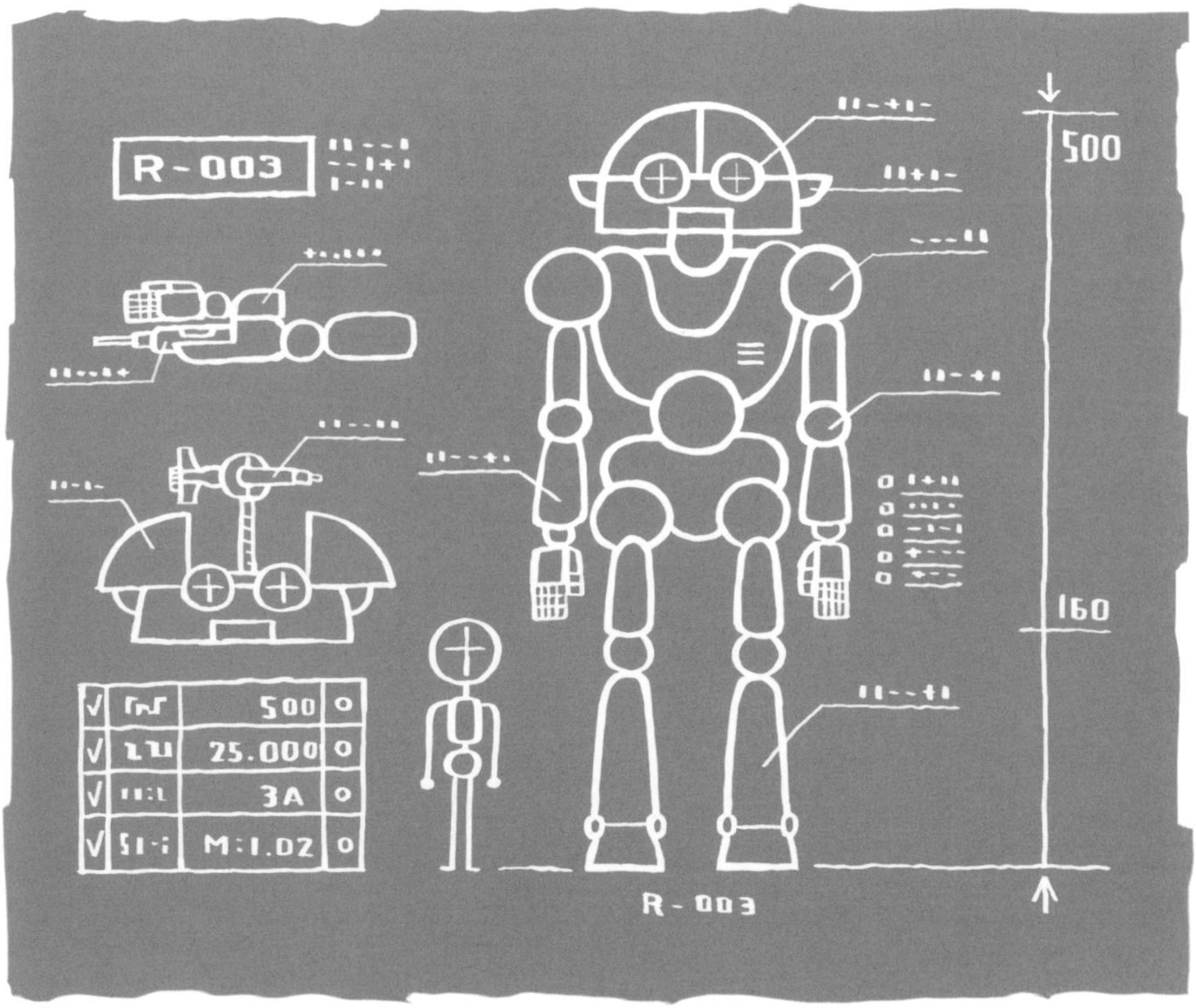
R-003
500
160
500
25.000
3A
M:1.02
R-003

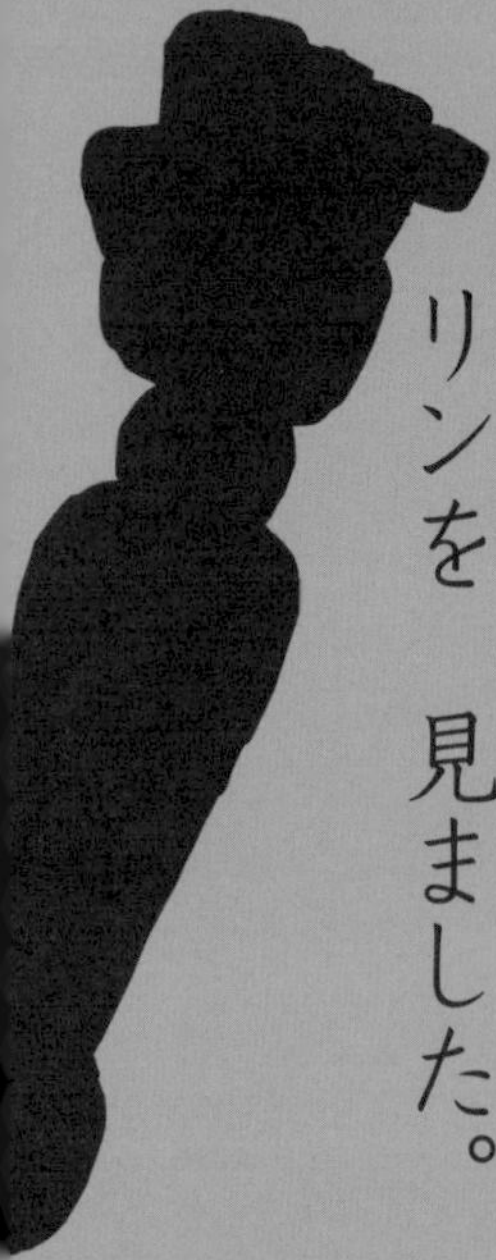

そんな　へいたいロボットに、にんげんが　かなうはずは　ありません。テントウムシが、ダンプカーに　ぶつかっていくような　ものです。

（こんどばかりは、なんでも　ぬすめる　このおれさまも、お手《て》上《あ》げか。）

ジャム・パンは、じしんを　なくした目《め》で、マリリンを　見《み》ました。

そのときでした。
（だれか　たすけてー。人《ひと》ごろしの　ロボットが
くるー。）
女《おんな》の子《こ》の　声《こえ》でした。
それは、とおい　村《むら》から、ジャム・パンの　耳《みみ》だ
けに　きこえてきた　声《こえ》でした。
ぜったいに　きこえてくるはずもない、とおい
村《むら》から。
（…………。）

ジャム・パンは、声《こえ》の　してきたほうへ
耳《みみ》を　かたむけました。

いつのころからか、ジャム・パンは　きこえてくるはずもない　声《こえ》が　きこえてくるように　なっていました。

ちょうのうりょくでしょうか。わかりません。

でも、その声《こえ》を　たどりながら、人《ひと》だすけをするようになり、けいしそうかんと出会《であ》ったのです。

女《おんな》の子《こ》の　さけび声《ごえ》が、
また　きこえてきました。
「だれか　たすけにきてー。」
ジャム・パンは、でんわの　むこうへ、
力《ちから》をこめた　声《こえ》で　いいました。
「わたしの　出《で》ばんですね。」
「ありがとう、ジャムくん。」
マリリンは、ぱちりと　目《め》を　ひらき、
ソファから　とびおりました。

ジープに、ひらりと　のりこむ　ジャム・パンと
マリリン。
へいの　うえから、のらネコの　ギンジロウが、
マリリンを　からかいました。
シャムネコです。
「じいさまと、ドライブかい？
おじょうさん。」
「うるせえ！
このとうへんぼく！」

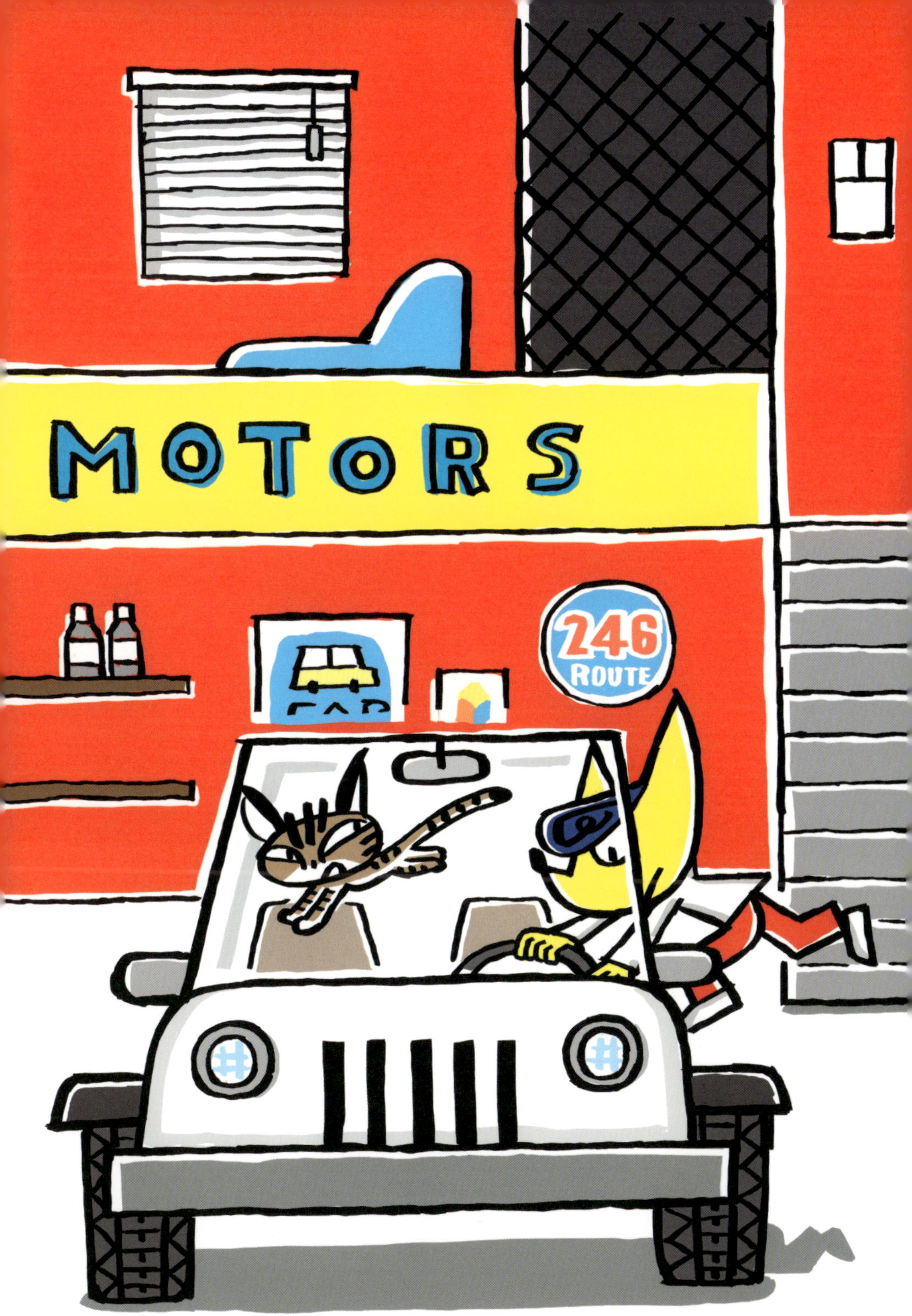
MOTORS
246
ROUTE

どさり。

ギンジロウが、へいから　ころげおちました。

とうへんぼくというのは　まぬけのことです。

ジャム・パンに　そだてられた　マリリンは、
ときどき　とんでもないことばを　つかいます。

「やっちゃった。」

マリリンは、ぺろりと　したを　出《だ》しました。

「ふふふふふ。」

マリリンの　ことばが　わかるのか、ジャム・

パンも　ぺろりと　したを　出《だ》しました。

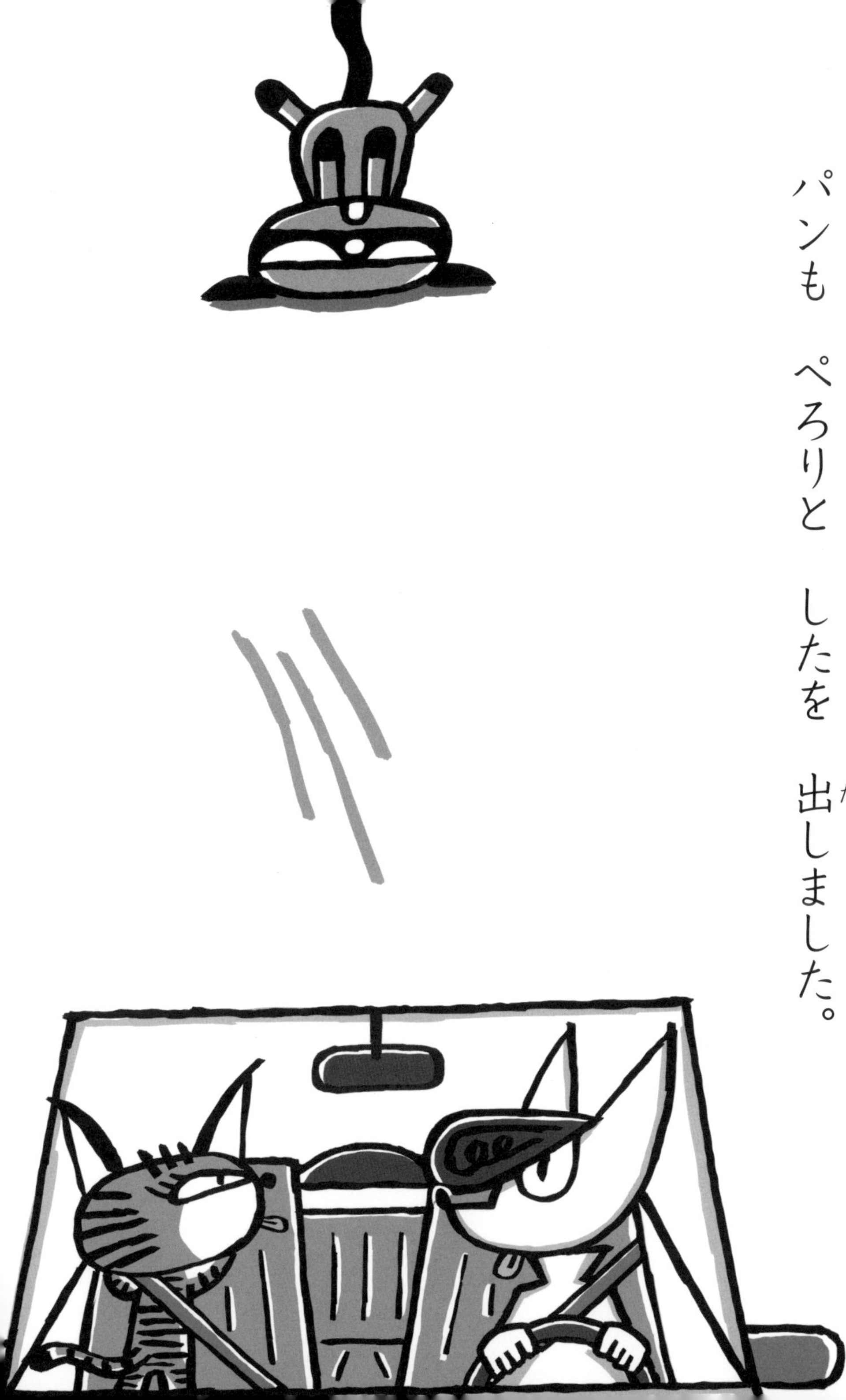

「では、しゅっぱつ。」

ブオーン。

「ひやーっ！」

おもいきり　エンジンを　ふかされ、ギンジロウは

あわてて　へいの上《うえ》へ　かけのぼりました。

「はははは。」

その　あまりの　あわてぶりに、マリリンは

はらが　よじれます。

「よわむしく～ん、おげんきで～。」

ジープは、山《やま》おくの　村《むら》を　めざし、ひたすら
はしっていきました。

（おかしい？）
ジャム・パンは　首《くび》を
ひねりました。
これだけの　大《だい》じけんが
おきているのに、
村《むら》へ　むかっていく　車《くるま》は
一《いち》だいもありません。
空《そら》を　見上《みあ》げても、
ヘリコプターの　すがたも

ありませんでした。
（せかいじゅうに　ひみつで
こしらえた　へいたい
ロボットだからか。）
それが　こわれて
あばれまわっているのです。
だれにも　ぜったいに
しられたく
ないのでしょう。

「なにが　ひみつだ！　ひみつよりも　人《ひと》の　いのちだろ！　村《むら》を　たすけろー！　バカヤロー！」

ドン。

ジャム・パンは、いかりのあまり、ドアを　なぐりつけました。

（おちついて、おちついて。）

マリリンは、ジャム・パンの　ひざに　頭《あたま》を　おしあてました。

「わかっている。」

村《むら》へ　つづく　道《みち》は、ひっそりと　しています。
ときどき　ほそうされてない　道《みち》が、ジープを
ジャンプさせます。
「おっ、とっと。」
ジャム・パンは、大《おお》きく　カーブをきり、きゅう
ブレーキを　ふみました。
キーッ。
じゅうを　かまえた　黒《くろ》ずくめの　男《おとこ》たちが
立《た》っていました。

ヘルメットも、目《め》出《だ》しぼうも、ぼうだんチョッキも、まっ黒《くろ》です。

けいさつかんでしょうか。
それとも
へいたいでしょうか。
わかりません。
男《おとこ》たちは、ジャム・パンの　ジープに
じゅうをむけました。「もどれ！」と
目《め》が　めいれいしています。
「なんだ、きさまらは！　そこを　あけろ！」
ジャム・パンは　どなりました。人《ひと》のいのちが

かかっているのです。
男《おとこ》たちは、へんじを　しませんでした。
へんじの　かわりに、ジープに　むけていた
じゅうを、ジャム・パンの　あたまに　ぴたりと
むけなおしました。

そのとき。
また、ジャム・パンの　耳《みみ》に、女《おんな》の子《こ》の　声《こえ》がき
こえました。
「たすけてー。」
ジャム・パンの　足《あし》が、おもいきり　アクセルを
ふみました。
ブオーッ。
ジープは、男《おとこ》たちを　とびのかせ、
はしっていきます。

「かっこいい!」

パーン。パーン。
じゅうが、タイヤを　めがけ　うちこまれてきます。
ジャム・パンは、右《みぎ》に　左《ひだり》に　はげしく　ハンド

ルを　きりました。
マリリンは、ジャム・パンに　しがみつきました。
まっすぐ　はしったら、たちまち　やられてしま
います。
「この　とんまやろう！　てめえらの　へなちょこ
じゅうに　うたれてたまるか！」
マリリンは、うしろに　むかって　どなりました。
これでも　おとめで　ございます。
ぜんそくりょくで　はしる　ジープ。

男《おとこ》たちの　ジープも、もうスピードで　おっかけてきます。
パーン。パーン。
ぶすっ。
ジャム・パンの　ジープが　かたむきました。
だ、だ、だ、だ、だ。
タイヤを　やられたようです。ハンドルが　ききません。
「くそっ！」

ジャム・パンと　マリリンは、ジープから
とびおりました。

そして　かけだそうとしたとたん　ふたりの
あしもとに……。

ビシュッ。

「う、うつな！」

ジャム・パンは、りょう手《て》を　上《あ》げました。

「そこを　うごくな。」

黒《くろ》ずくめの　男《おとこ》たちが、じゅうを　かまえたまま
ゆっくりと　やってきます。

（くやしいが、おしまいか。）

ジャム・パンは、くちびるを　かみました。

そんな　ジャム・パンたちを　おしのけるように、けたたましく　サイレンを　ならし、パトカーが　つっこんできました。

キーッ。

ひらいた　ドアから、こぶとりの　男《おとこ》が　ころげおちて　きました。けいしそうかんです。

「やっと　見《み》つけたぞ。この　人《ひと》ごろしやろう！」

ガチャリ。

POLICE

そうかんは、ジャム・パンの　手《て》に　手《て》じょうを
かけました。
そして、いきつくまもなく、黒《くろ》ずくめの　男《おとこ》たちに
どなりました。
「わたしは　けいしそうかんだ。この　さつじん
はんは　わしが　たいほした。つれていく。いじょう。
ぜんいん　かいさん！」
ぼうぜんと　見《み》おくる　黒《くろ》ずくめの　男《おとこ》たち。
「やったね。」

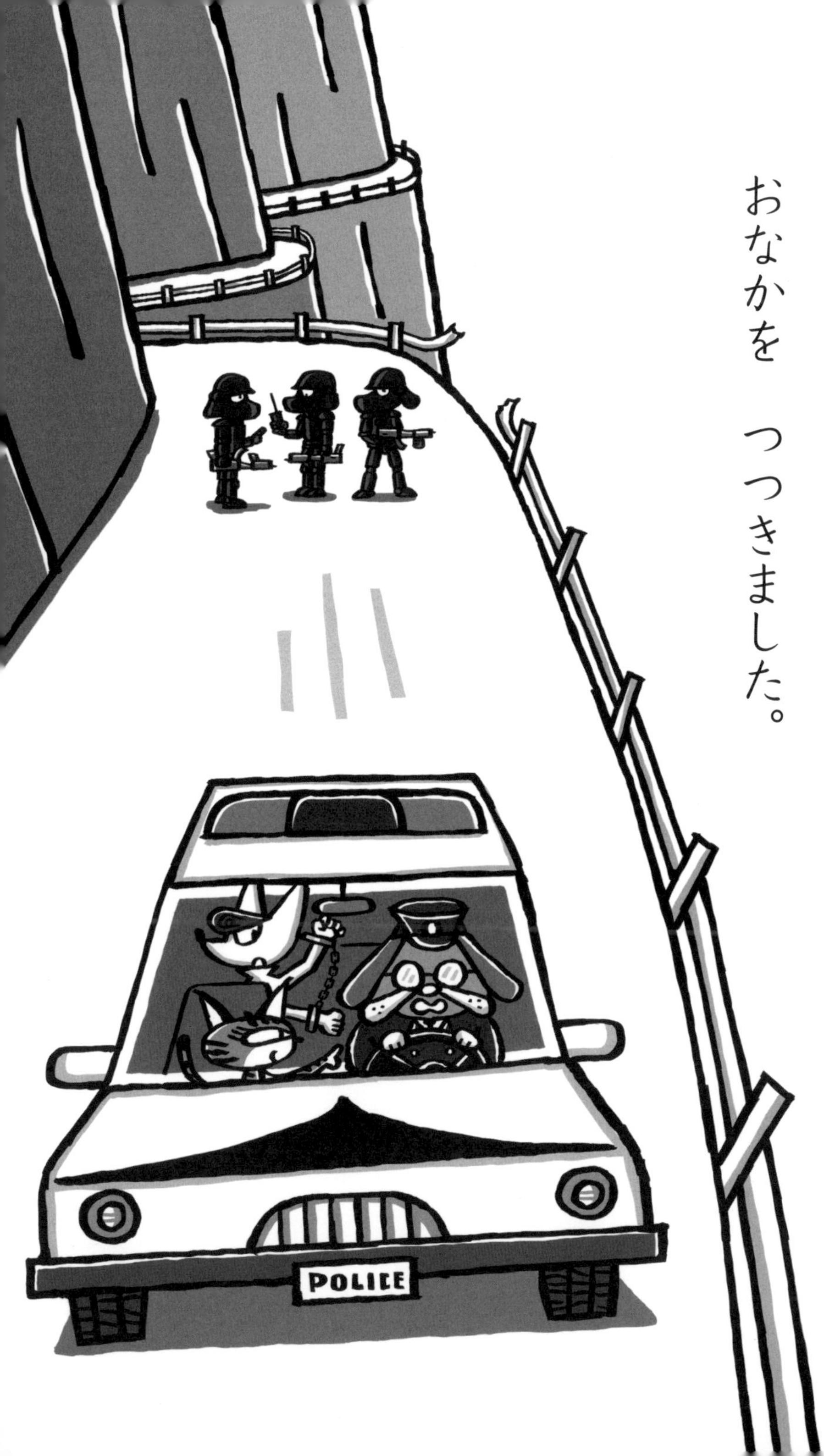

マリリンは、けいしそうかんの　ぷっくりした
おなかを　つつきました。

パトカーは、もどると　見《み》せかけ、村《むら》へ　つづく
山道《やまみち》を　はしって　いきます。
「ありがとうございます、けいしそうかん。」
「いや、こちらこそだ。かれらの　むせんを　きい
て、とんできたのさ。」
「ところで、あの　黒《くろ》ずくめの　しゅうだんは
なにものなんです？」
「さあ、ぼくにも　わからんねえ。」
けいしそうかんは、とぼけた声《こえ》で　いいました。

もしかしたら　ひみつけいさつかもしれません。

とうげから　見下《みお》ろす
村《むら》は、ぐちゃぐちゃに
ふみつぶされていました。
大《おお》たつまきが
あばれまわっていった
ようです。
その　はかいされた
村《むら》から、へいたい
ロボットが

歩《ある》いてきます。
ズシン。ズシン。

そのとき、また、女《おんな》の子《こ》の　声《こえ》が　きこえてきました。

「にぎりつぶされるー！」

（にぎり、つぶされる⁉）

ジャム・パンは、あわてて　そうがんきょうの　ピントを、へいたいロボットの　右手《みぎて》に　あわせました。

手《て》のなかで、女《おんな》の子《こ》が　もがきさけんでいました。

「なにが　見《み》えるのかね？　ジャムくん。」

「女《おんな》の子《こ》が、へいたいロボットの　手《て》の　なかで。」

「なにっ！」

けいしそうかんも、ピントを　あわせました。

ぐったりとした　女《おんな》の子《こ》が　見《み》えます。

「いそごう、ジャムくん。」

「はい。」

ふたりと　一《いっ》ぴきは、村《むら》へ　つづく　道《みち》を　かけおりました。

いいえ、けいしそうかんは　ゆっくりと　おいかけてきます。

（でも、でも、でも……。）
かけおりながら　マリリンは　なきべそを　かき
ました。
どうすれば　あんなに　でっかい　ロボットを
たいじできるのでしょうか。
かけていけば　かけていくほど、へいたいロボッ
トは　大《おお》きくなっていきます。
見《み》上《あ》げる　それは、キョウリュウの　ようでした。

じろり。
へいたいロボットの　目《め》が、ふたりと　一《いっ》ぴきを
にらみつけました。
バージュー。
ロボットの　口《くち》から出《で》た、赤《あか》いほのおが　ふたりに
おそいかかってきました。
「あっ、ちっ、ちっ、ち。」
ふたりは　とびのきました。

いいえ、それだけでは　ありませんでした。

ロボットは、女《おんな》の子《こ》を　にぎりしめている
右手《みぎて》を　たかく　ふり上《あ》げました。

女《おんな》の子《こ》を　ちじょうに　たたきつけるつもりです。

「や、やめろー！」

ジャム・パンは、りょう手《て》を　右《みぎ》に　左《ひだり》に
大《おお》きく　ふりました。

「やめてくれー」

ひとりと　一《いっ》ぴきに　おいついた　けいしそうか

んも　さけんでいます。
マリリンは、ただ　ぶるぶると　ふるえて
いるだけでした。

バリ、バリ、バリ。
ヘリコプターでした。
まっ黒《くろ》い　ヘリコプターが、
へいたいロボットのまわりを、
ぐるぐると　とびはじめました。
へいたいロボットの　あたまが
ひらき、ミサイルが　あらわれました。
「ヘリコプターが、
うちおとされるぞ！」

けいしそうかんは　かおを
ひきつらせました。

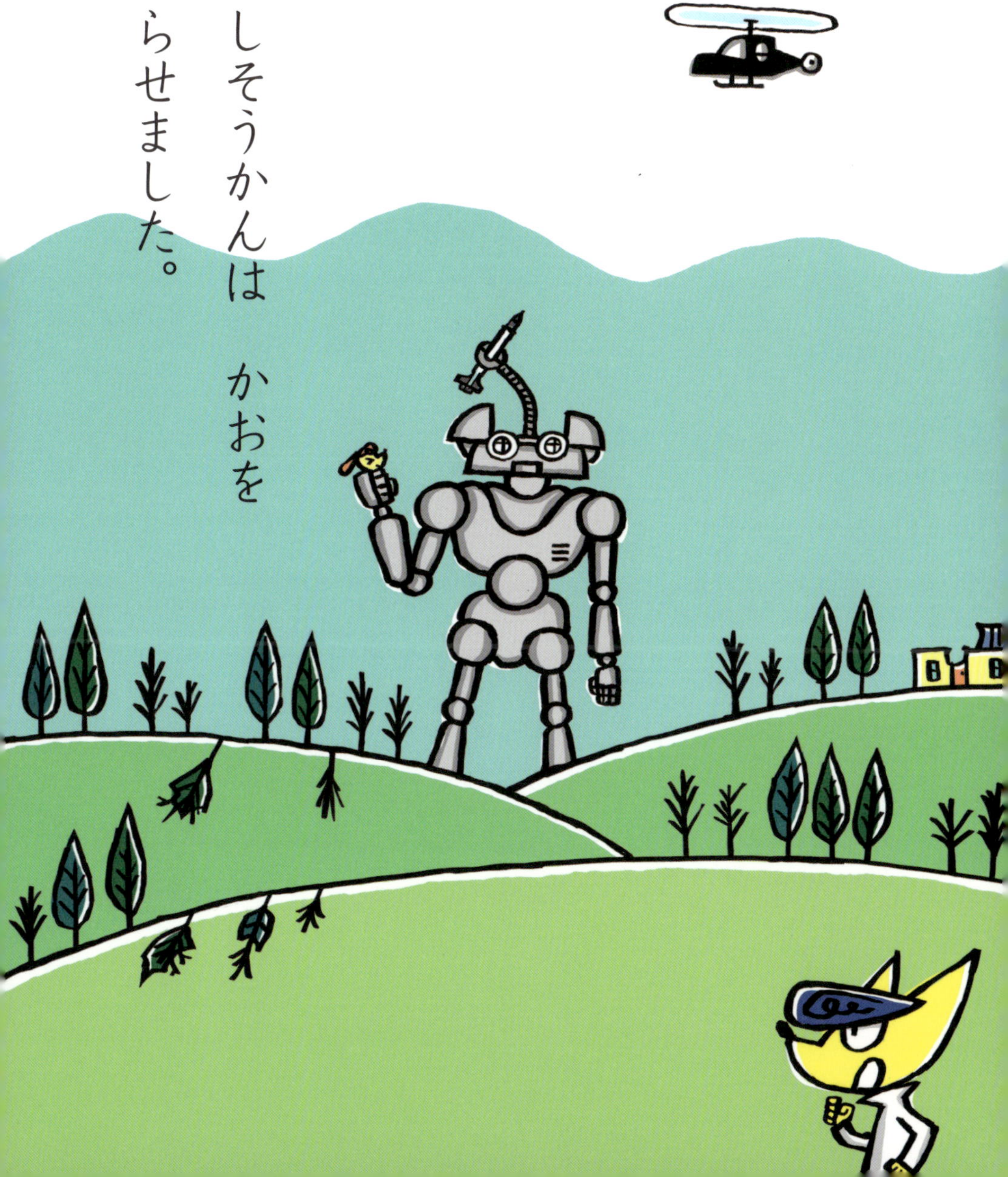

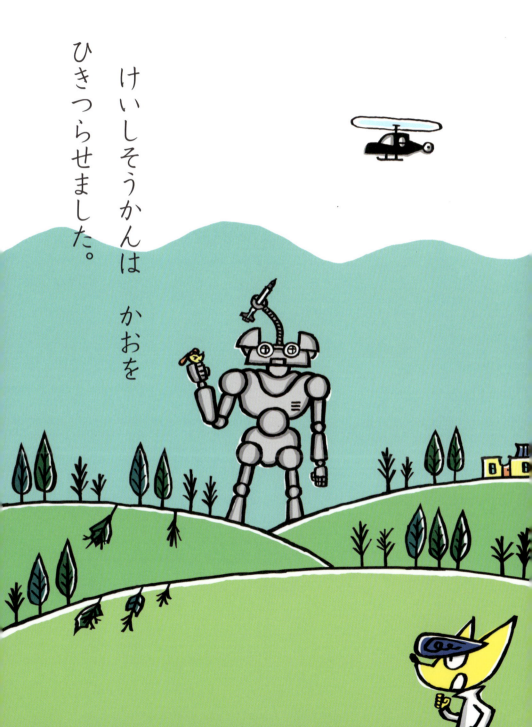

そのとき、ジャム・パンの　耳《みみ》に、へいたいロボットの　ひめいが　きこえてきました。

「ぼくに、人《ひと》ごろしを　させないでくれー。ぼくに、ぼくに……。」

その　声《こえ》は　ないていました。

むろん　ジャム・パンにだけ　きこえた　声《こえ》でした。

（ちょうごう金《きん》の……、へいたいロボットが　ないている？）

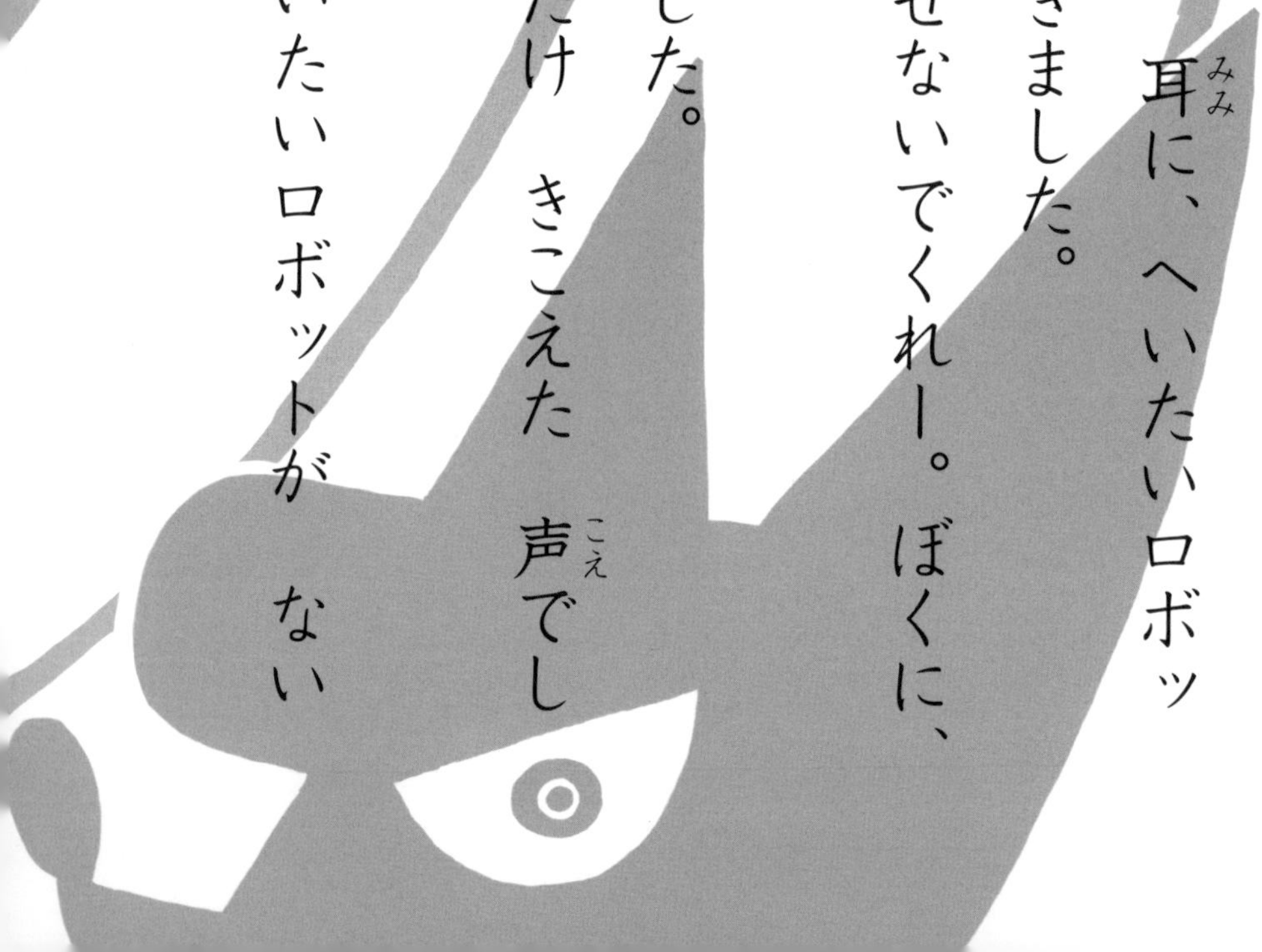

でも、どうすれば　へいたいロボットと　女《おんな》の子《こ》
を、いっしょに　たすけられるでしょう。

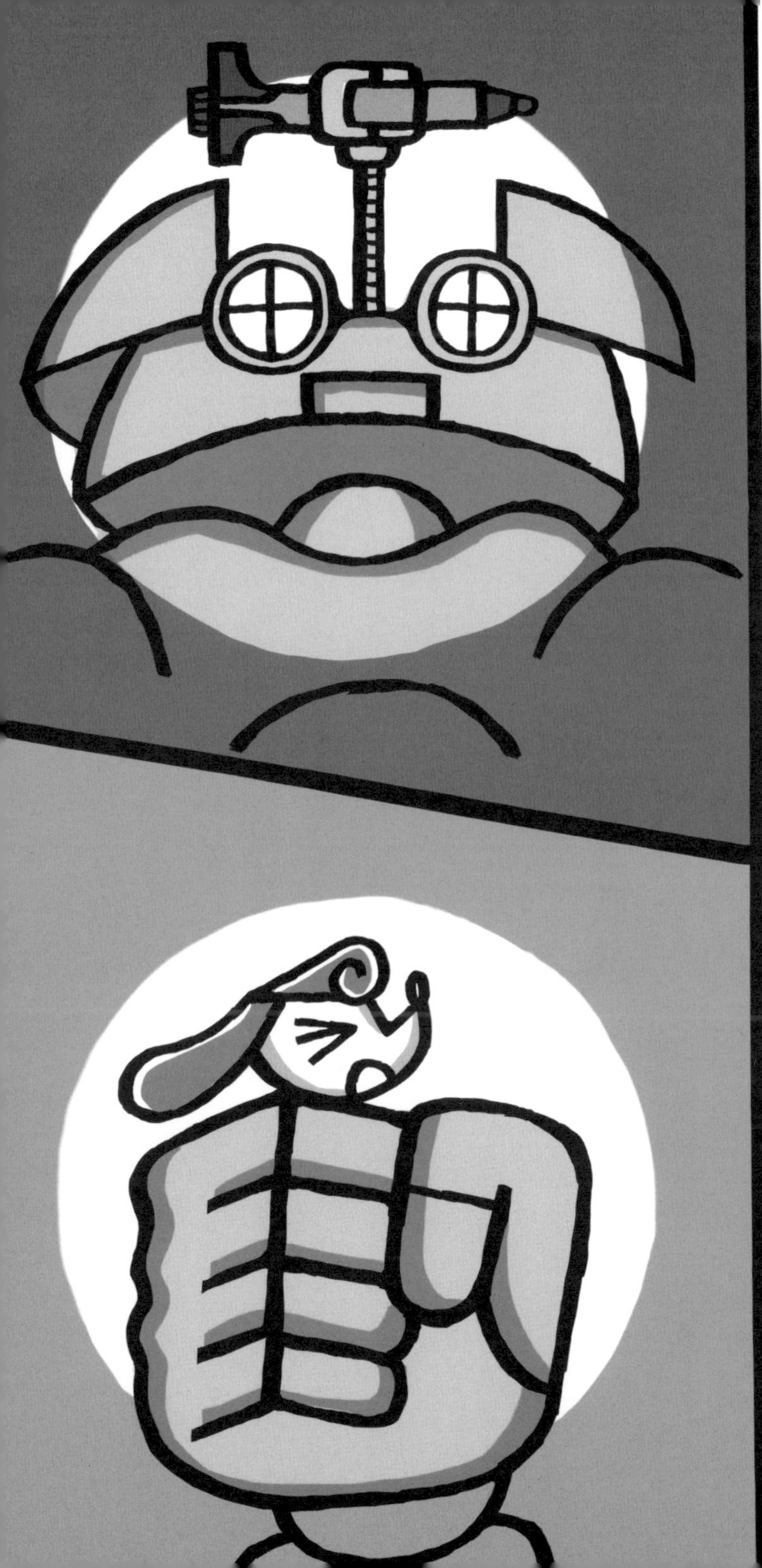

ないている　へいたいロボットは、　さらに
右手《みぎて》を　たかく　ふり上《あ》げました。
ふり上《あ》げながら　ないていました。
「ぼくは、この子《こ》を　ころしたくなーい。」
ロボットは、　右手《みぎて》を　ふり下《お》ろしました。
「ころすなー」
ジャム・パンは　むがむちゅうで
かけだしていました。
マリリンも　かけていました。

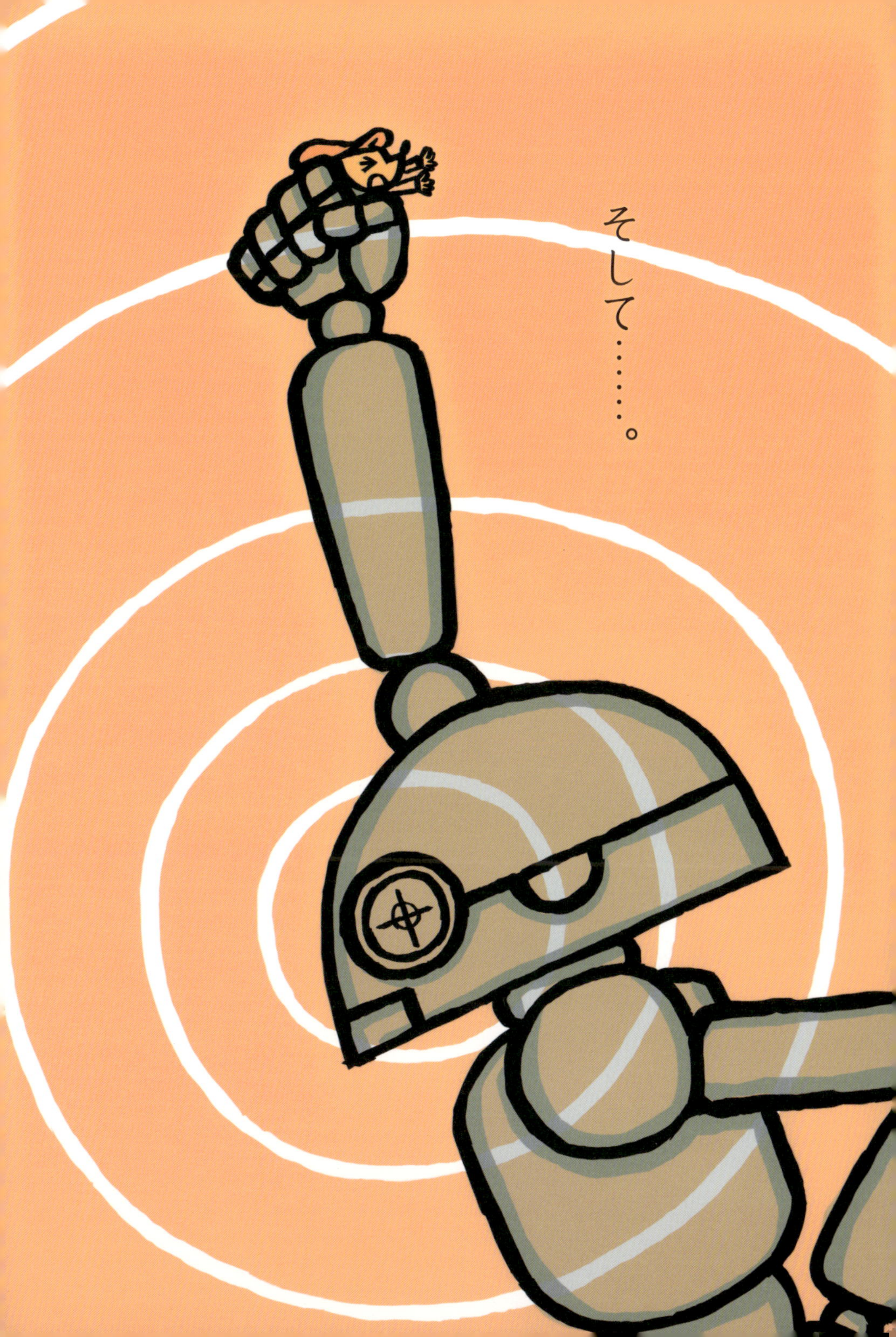
そして……。

ジャム・パンは、へいたいロボットの　足《あし》を、
しっかりと　だきしめて　いました。
まるで　ながいあいだ　さがしもとめていた

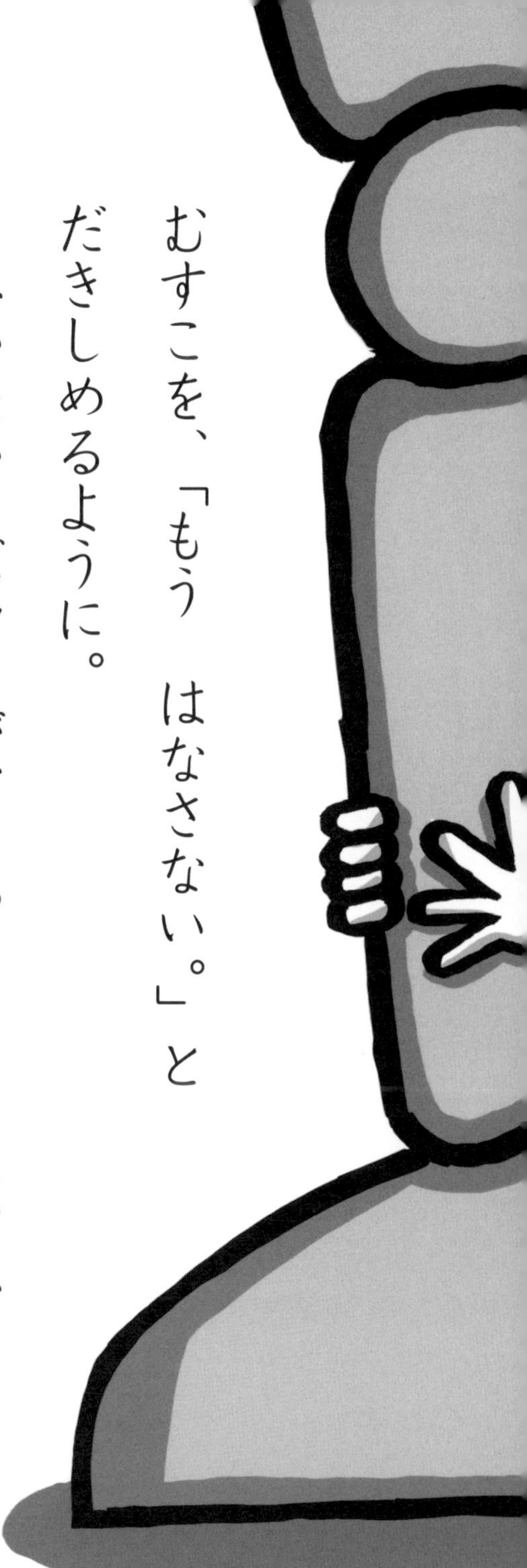

むすこを、「もう　はなさない。」と
だきしめるように。
へいたいロボットが、ゆっくりと　ひざから
くずれおちて　いきました。
でも、その顔《かお》は、うれしさに　ほほえんでいました。
はなればなれだった　おとうさんに、やっと
会《あ》えたように。

そればかりでは　ありません。
ジャム・パンには、その声《こえ》さえも　きこえていま
した。

「ありがとう、ジャム・パンさん。ぼくの　こころから、人《ひと》ごろしの　こころを　ぬすんでいってくれて。」

マリリンは、へいたいロボットの　手《て》から、おちてくる　女《おんな》の子《こ》の　ま下《した》へ　とびこみました。

「ぎゃー」

マリリンは、おじょうさまらしくない　ひめいをあげ……のびてしまいました。

でも、おかげで　女《おんな》の子《こ》は　ぶじでした。

もどってきた　ジャム・パンに、けいしそうかんが
たずねました。

「なにを　ぬすんだのかね？　ジャムくん。」

「それは……。」

ジャム・パンは　とおくを　見《み》る目《め》で　こたえました。

「にんげんが　せんそうの　ために　ロボットに
うめこんでいた　にくしみの　こころです。」

「…………。」

けいしそうかんは、だまって　うなずきました。

「でも、おれには　どうして　ロボットの　声《こえ》まできこえたんだろう？」

ジャム・パンは、じむしょの　テーブルに　足《あし》をなげ出《だ》しながら　首《くび》を　ひねっています。

その　声《こえ》のひみつは、マリリンだけが　しっていました。

「それは　あんたが……。」

そこまで　つぶやいて、マリリンは　まどのそとへ目《め》をむけました。

のらネコの　ギンジロウが、へいの　上《うえ》から、
こわごわと　こちらを　のぞきこんでいます。
にこっ。
おじょうさまは　ギンジロウに　ほほえみました。
シャムネコが　一《いっ》ぴき、へいから　おちていきます。

UCHIDA MOTORS
CAR
246
ROUTE
F

内田麟太郎（うちだ・りんたろう）　**作者**

1941年福岡県大牟田市に生まれる。詩人、絵詞（えことば）作家。『さかさまライオン』（童心社）で絵本にっぽん賞、『うそつきのつき』（文溪堂）で小学館児童出版文化賞、『がたごとがたごと』（童心社）、『すやすやタヌキがねていたら』『ともだちできたよ』（ともに文研出版）で日本絵本賞、『ぼくたちはなく』（ＰＨＰ研究所）で三越左千夫少年詩賞を受賞。ほかに、「おれたちともだち」シリーズ（偕成社）、「ねこの手かします」シリーズ（文研出版）など多数ある。

藤本ともひこ（ふじもと・ともひこ）　**画家**

1961年東京に生まれる。絵本作家。作詞家。1991年講談社絵本新人賞。
絵本に「いただきバス」シリーズ（すずき出版）、『ねこ ときどきらいおん』『バナーナ！』（ともに講談社）、『こんなかいじゅうみたことない』（WAVE出版）、『ばけばけはっぱ』（ハッピーオウル社）など多数。Eテレ「いないいないばあっ！」のバケッパ人形劇の原作・キャラクターデザインや、「にこにこんぱ！」の作詞など。

まちがい
さがしの
こたえ

わくわくえどうわ
大どろぼう　ジャム・パン
作　者　内田麟太郎
画　家　藤本ともひこ

2017年12月30日　第1刷
2021年 5 月30日　第4刷
NDC913　A5判　80P　22cm
ISBN978-4-580-82338-9

発行者　佐藤徹哉
発行所　**文研出版**　〒113-0023 東京都文京区向丘2－3－10 ☎(03)3814-6277
〒543-0052 大阪市天王寺区大道4－3－25 ☎(06)6779-1531
http://www.shinko-keirin.co.jp/
印刷所　株式会社太洋社　　製本所　株式会社太洋社

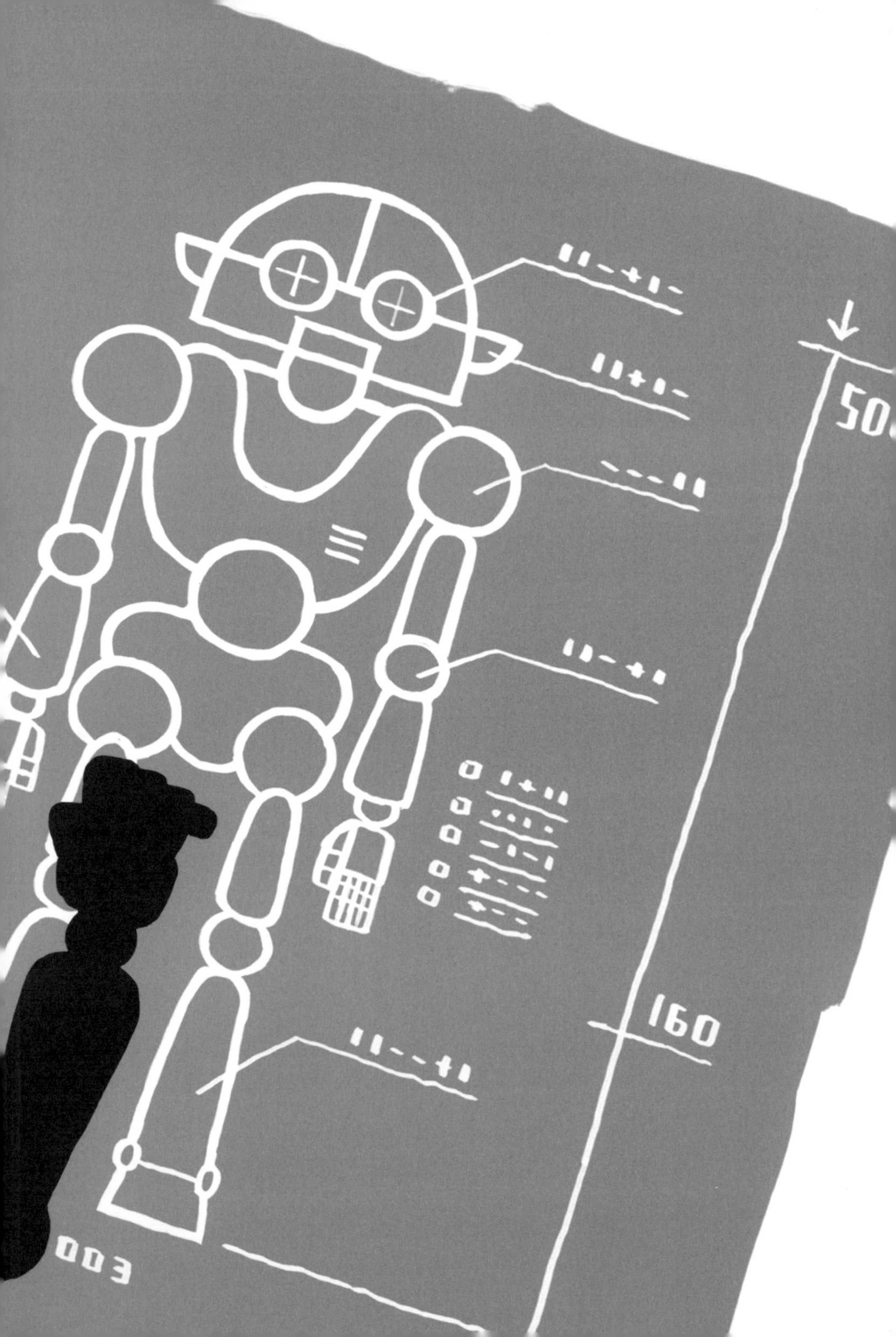
50
160
003